魔女的决心

〔日〕中岛和子 著　　〔日〕秋里信子 绘

林文茜 译

北京联合出版公司
Beijing United Publishing Co.,Ltd.

公园里的樟树下有一把长椅子。这是一把到处都看得到的旧椅子。

　　这把长椅子其实是由魔女变成的，不过没人知道这件事。

　　知道这件事的，只有樟树和长椅子自己……

　　不，这把长椅子早就忘记自己是魔女了。

长椅子蹲在公园的一个角落，每天迷迷糊糊地过日子，等着人们来坐。

　　但是，自从附近摆了一把漂亮的椅子以后，就没人想坐这把旧椅子了。

　　偶尔听见风吹樟树的沙沙声，长椅子似乎会想起一些以前的事。

　　"我以前就是一把长椅子吗？总觉得不是这样的啊……"

想着，想着，长椅子的心情也跟着变来变去，一下子变得温暖又喜悦，一下子变得冷淡又寂寞。

"如果不是长椅子的话，我会是谁呢……"

每次，她总是想到一半就打住了。

"哎呀，先睡个午觉再想吧。"

长椅子喃喃地说完，又昏昏沉沉地睡着了。

长椅子觉得自己的肚子被人"砰"地敲了一下，赶紧睁开眼睛。

"是谁啊？我好不容易做了个好梦……"

她睁开眼睛，看见一个小女孩。

小女孩又敲了敲长椅子。

"嗯，就坐在这里吧！从这里可以清楚地看到公交车。"

说完，她就跳上长椅子。

"哎哟！"

长椅子急忙接住这个小女孩，还轻轻地摇晃了一下。很久没人坐在她身上了，她的身子马上变得暖和起来。

"哇，感觉被人抱着呢！"
小女孩高兴地说。
"这是当然喽，因为我正抱着
你啊！"

"好像是妈妈的膝盖。"

"哦，是吗？真的是这样吗？你妈妈也会这么做吗？"

长椅子稍微摇了摇膝盖。

小女孩也跟着一边摇晃双脚，一边哼唱着：

"还没来啊？还没来啊？爸爸还没回来啊？"

"原来，你是在等坐公交车的爸爸回来啊！"

长椅子看看四周。

公园里一个人也没有。

滑梯和秋千被染成了晚霞的颜色。

只要有公交车停在站牌前，小女孩就会马上站起来。

可是，载着爸爸的公交车一直没有出现。

"还没来啊？还没来啊……"

小女孩的声音渐渐变小了。

"已经很晚了，她的爸爸到底什么时候才会回来啊？还有，她的妈妈在做什么呢？"

天空慢慢暗了下来。

长椅子想为小女孩做些什么，却无能为力。她现在唯一能做的，就是静静地抱着小女孩。

长椅子抱着小女孩，闭上眼睛。

小女孩蓬松的头发散发着阳光的味道。

"这一切似乎很熟悉……"

长椅子就快想起以前的事情来了。

小女孩突然
站了起来。
　　"啊，是爸
爸。爸爸，你回
来啦！"

小女孩立刻跑向爸爸，用力搂着他。

爸爸微微晃着身子，惊讶地说：

"小萌，你为什么不在家里等我呢？"

"因为想早点儿见到爸爸啊！"

“这样啊。对不起，我回来晚了。很冷吧？”

　　“不，这把椅子热乎乎的，非常暖和呢。”

父女俩手牵着手，开心地往
家走。

"哦，那个小女孩叫小萌啊。"

长椅子上还留着小女孩淡淡
的温暖气息。

"小萌，呵呵，真是个好名字。
她明天也会来我这儿坐坐吗？"

第二天，长椅子没睡午觉，一直等着小萌的到来。

等到四周被晚霞染红的时候，小萌终于跑了过来。

"来了，来了！"

长椅子挺直了背。

"小萌，快来我这儿坐吧！"

小萌仿佛听见了长椅子的召唤，开口就说：

"长椅子，你在等我吗？"

说着，便"咕咚"一下坐了
上来。

"我啊，好想快点儿见到长椅子呢！"

"咦，你说什么？再说一次。"

可是，小萌并没有听到长椅子的声音。

她从手中的袋子里拿出画画用的笔记本，开始画起来。

长椅子忍耐着，尽量不乱动。

微风徐徐地吹拂着樟树，长椅子舒服地闭上了眼睛。

"小萌，你在画什么呢？"

"啊，爸爸，你回来了！"

小萌画得太认真，没有注意到爸爸已经下了公交车。

小萌把刚刚画好的画拿给爸爸看。

"这是妈妈的脸。下次去医院看妈妈的时候，我要把这张画送给她。"

"啊，画得真好。妈妈一定会很开心的。"

"去医院看妈妈？这么说来，小萌的妈妈生病住院喽，所以她才会坐在这里等爸爸回来。"

长椅子静静地想着。

"我今天买了便当，我们就坐在这里吃吧。"

"好啊，好像在郊游呢！"

父女俩坐在长椅子上，打开便当，津津有味地吃起来。

听着这对父女开心的对话，长椅子全身暖洋洋的。

小萌每天都准时来到樟树下，像是坐在妈妈的膝盖上聊天似的，告诉长椅子好多好多事。

　　"昨天我和爸爸去森林里玩。那里有很多橡树的果实，我捡了满满一口袋呢！"

　　"橡树的果实啊，我有好一阵子没看到了呢。"

"听说每天都有麻雀飞过医院的窗口。妈妈和麻雀成为好朋友了呢！"

"听起来好像很有趣！"

能够和小萌一边聊天一边打发时间，长椅子开心得不得了。

这样的日子持续了很长一段时间。

有一天，傍晚的云彩突然变了色，到处昏天暗地的。

长椅子最讨厌孤孤单单、没人做伴的时刻了。

"咻"的一声，风将地上的沙子卷了起来，飞旋的风沙里出现两个黑影。

长椅子的脊背不禁凉了半截。

这两个人穿着一样的工作服，不停地打量着长椅子。

"好破旧的椅子啊。"

"换一把新的吧。"

"你们在说什么啊？"

长椅子生气地瞪着这两个人。

"你们说要换一把新椅子，是指要把我换掉吗？"

"我们明天再来把它搬走。"

"好啊，最好能早一点儿。"

"你们千万不要这么做啊！"

长椅子使出全身力气，从肚子里挤出所有的声音，大声地喊。但是，那两个人理也不理，离开了。

"他们说的'搬走'，到底是要搬到哪里去呢？难道是和垃圾一起丢掉？还是被烧掉？"

长椅子不禁害怕地发抖。

"别开玩笑了！你们可知道我是谁？"

长椅子不由得想
站起来，一股冲劲儿
涌向她的胸口。
　　现在，长椅子清
清楚楚地记起了一切。

她想起自己在变成长椅子前究竟是谁，还有自己变成这把椅子的原因。

"原来我曾经是个魔女啊！上了年纪后，我想在魔法消失前变成一样好东西，所以才会变成一把长椅子。没想到，却再也没有办法变回原来的样子。那是我最后的魔法了……"

长椅子望着头顶的天空。

一阵又一阵的冷风，扫过公园的每个角落。

长椅子一整晚都没睡，应该是睡不着，因为她明天就会被带到不知名的地方丢掉。

长椅子看着樟树说：

　　"再见了……不过我并不后悔变成一把椅子，因为椅子也是不错的东西。我很喜欢大家来我身上坐，也很喜欢这个地方……"

　　樟树好像在回答她的话似的，沙沙沙地摇晃着树叶。

"我对自己的要求一向很高，难道这真的是我最后的魔法了吗？怎么会这样呢？"

长椅子的身体一下子热了起来。接着，就像一道突然喷出的火焰，有个想法从她的心中涌了出来。

"我想再变回魔女的模样！"

夜里，长椅子不知不觉睡着了。

银色的月光洒在樟树上。

虽然没有风，樟树却轻轻地摆动着。

过了一会儿，樟树像是要抱住长椅子似的，张开了粗壮的树枝，整棵树摇晃得非常厉害。

从樟树身上溢出来的银色月光，静静地洒在长椅子上。

一股不可思议的力量，渐渐充满了整个椅子……

这个早晨跟平常没什么两样。

　　公园里，可以听见这样的对话：

　　"奇怪，椅子不见了。"

　　"真的！跑到哪里去了？"

　　一个小男孩走了过来。

　　"老婆婆，你知道原来在这里
的椅子到哪里去了吗？"

　　"你在说什么？不就在你的眼前吗？"

　　小男孩听了，歪着头小声地说：
"真是个奇怪的老婆婆！"

　　说完，就跑走了。

　　"你才奇怪呢！咦，老婆婆……"

老婆婆看看自己的双手，又低头看看自己的双脚，还试着慢慢走了几步。

　　"难道我……啊，是真的！"

　　果然没错！长椅子又变回魔女了。

"哇！"

魔女的双手笔直地伸向天空。

蜷曲的身体里，有股热流钻来钻去。

她的身体静不下来，手脚随意地晃来晃去。

已经很久没这样自由自在地活动了。

　　魔女十分兴奋，嘴里数着：

　　"一、二、三、四！"

　　她做了做体操，又蹦蹦跳跳地走来走去。

"太好了，太好了！如果一直保持这样，我就又能施魔法啦！"

魔女试着变身。

她的食指笔直地指向天空，呼噜呼噜地转了三圈——

"算了，算了。不能浪费魔法。"

她试着荡秋千，试着吊单杠，试着从滑梯上滑下来。

"啊，真开心，真是开心！能够变回原来的样子，真是太好了。"

不过，一个人玩很无聊。

魔女很快就厌倦了。

"为什么我又能变回原来的模样？你知道原因吗？"

魔女抬头看看樟树。

樟树只是左右摇晃着树枝。

魔女忽然想起森林里的家。

对了，变成长椅子后，她就再也没回家了。

"好吧，回去瞧一瞧。"

她小声地说完，便快步朝森林走去。

"唉，终于到了。"

魔女的家被茂密的树林遮住了一大半。

她好怀念这个家呀。

一开门，屋里便传出阵阵霉味，还有灰尘的味道。

桌子、柜子和火炉上都积了厚厚一层灰尘。

不过，所有的东西还保持着原来的样子。

这时，魔女被某样东西绊倒了。

"哎哟，竟然跌倒啦。"

原来是一把不能飞的扫帚。

魔女拍掉扫帚上的灰尘，感慨地说：

"好久没见到你了，你也变得这么旧了啊！会不会已经变成一把普通的扫帚了？"

就在这个时候，扫帚微微地动了一下。魔女并没有注意到，她的目光被摆在窗边的床吸引了。

"哇，我的床！"

魔女跑了过去，整个身子扑倒在床上。

灰尘立刻四处飞扬。

刚钻进被窝，魔女就闻到一股熟悉的味道。

"啊，好舒服哦……"

魔女把头埋进被窝里，闭上了眼睛。

有种很累很累的感觉，从她身体的各个角落慢慢散开。

慢慢地，慢慢地……

"奇怪，这里是哪里？我怎么
会在这里呢？"

魔女迷迷糊糊地瞧了瞧整个
房间。

"对了，这是我的家。"

西边的天空逐渐被染成淡淡的红色。

魔女坐在床上望着天空。

"就快傍晚了……"

她想起总是在傍晚来找她聊天的小萌。

小萌说过：

"好想快点儿见到长椅子呢！"

她还说过：

"长椅子好像是妈妈的膝盖。"

魔女的膝盖开始发热，好像正抱着小萌。

她突然跳了起来。

"啊，小萌来找我的时间就快到了。如果看不到长椅子的话，她一定会很伤心。我得快点儿回到公园才行！"

魔女下了床，但又立刻停下来。

"等一下，这次再变回长椅子的话，那有可能真的是我最后的魔法了。如果真是这样，我就会被送进垃圾场。千万不要啊！我还是乖乖地待在这里好了……"

魔女抱着头，在房间里走来走去。

　　过了一会儿，她的眼睛忽然亮了起来。

"对了！如果变成一把新椅子，不就可以了吗？这样，我就可以一直待在那里，也可以见到小萌了。"

　　就在这个时候……

　　啪！扫帚跌落在魔女的脚旁。

　　它立得直直的，全身抖个不停。

　　"咦，你还会动吗？啊，我知道了，你要带我去公园。"

"不过……你这么旧，想在天上飞是不可能的。"

魔女刚说完，扫帚就像生气了一样，"砰，砰，砰"地在房间里飞来飞去。

"哈哈，真不愧是我的魔法扫帚！你的法力也恢复啦。"

魔女紧紧地握住魔法扫帚。

"你要带我去公园吗？谢谢你喽！"

魔女已经下定决心了。

“我要回到公园，再变成一把新椅子。即使从今以后一直是椅子，我也不后悔。我要使出所有的法力，变成一把漂亮的新椅子！对自己要求很高的魔女，就是得这样才行。”

魔女骑在扫帚上，"咚"地踩了一下地板。

"出发！"

扫帚"咻"的一下浮在半空中，一下子飘到这头，一下子晃到那头。

它很久没在空中飞了，飞得不好也是没办法的事。

"你要振作一点儿啊！你不是对自己的要求很高吗？"

"啪啪"，魔女敲了敲扫帚，
魔法扫帚赶紧打起精神来。

他们穿过森林，越过小河。

扫帚像是使出了最后的力气，飞得越来越快。

整个天空布满了晚霞，公园看起来十分渺小。

　　扫帚越飞近地面，茂盛的樟树看起来就更大一些。

　　"啊，那是小萌！"

　　魔女看到小萌从公园另一头跑了过来。

"终于赶上了……"

魔女重重地降落在樟树下。

"我来了！我还会在这里待上好一阵子哦。"

魔女抬头看着樟树说。

樟树摇了摇树干，好像很开心。

魔女悄悄地将扫帚靠在樟树的树干上。

"谢谢你帮忙，我终于赶上了。你待在这里看着我施魔法！我会好好变给你看的。"

小萌就快到了。

魔女深深地吸了一口气，食指笔直地指向天空，呼噜呼噜地转了三圈——

"变成一把全新的长椅子！"

"奇怪，长椅子变新了呢。"

小萌并没有马上坐在长椅子上。但是刚坐下去，她就立刻开心地说：

"果然是我的长椅子！坐上去很暖和呢。"

"没错，你真了解我！"

长椅子温柔地抱着小萌，低
声说：

　　"变成一把长椅子真好。"

　　"对了，我要告诉你一个好消
息。今天我妈妈出院了呢。"

“什么？这么一来，你就再也不会到这里来了吗？我不能再见到你了吗？”

“长椅子，再见！”

小萌正准备离开的时候，扫帚忽然“啪嗒”一声倒向小萌。

"奇怪，这把扫帚会动呢！难道这是一把能在空中飞的扫帚？我在绘本里见过呢。"

小萌高兴地拿起扫帚，说：

"长椅子，下次我再和妈妈一起来，你要等我们哟！"

说完，小萌跨坐在扫帚上，"咻"地飞走了。

"哎呀……"

长椅子一边看着小萌离去，一边呵呵地笑。

"我随时都等你来哟！"

图书在版编目（CIP）数据

魔女的决心 ／（日）中岛和子著；（日）秋里信子绘；
林文茜译. —— 北京：北京联合出版公司，2015.12（2016.7重印）
（启发童话小巴士）
ISBN 978-7-5502-5809-9

Ⅰ. ①魔… Ⅱ. ①中… ②秋… ③林… Ⅲ. ①童话－
日本－现代 Ⅳ. ①I313.88

中国版本图书馆CIP数据核字(2015)第168641号

北京市版权局著作权合同登记号：图字01-2015-4742号

魔女的决心
（启发童话小巴士）

著：〔日〕中岛和子　绘：〔日〕秋里信子　译：林文茜
选题策划：北京启发世纪图书有限责任公司
台湾麦克股份有限公司
责任编辑：张　萌
特约编辑：杨　晶　贾更坤
特约美编：李今妍

北京联合出版公司出版
（北京市西城区德外大街83号楼9层　100088）
北京盛通印刷股份有限公司印刷　新华书店经销
字数5千字　889毫米×1194毫米　1/32　印张3.25
2015年12月第1版　2016年7月第2次印刷
ISBN 978-7-5502-5809-9
定价：18.80元